조규미 글
이로우 그림

사□계절

차례

1.

처음 그 녀석이 자신을 시간 여행자라고 이야기했을 때 나는 들은 척도 하지 않았다. 녀석은 그럴 줄 알았다는 듯이 씨익 웃으며 덧붙였다.

"믿지 못하겠지."

이 녀석. 또라이라는 것은 알고 있었지만 가끔 너무 엉뚱한 소리를 한다.

학원 수업이 끝나고 저녁 열 시. 근처 편의점

에서 녀석은 평소처럼 나를 기다리고 있었다. 편의점 안은 수업을 마친 아이들이 한꺼번에 몰려 북적이고 있어서 우리는 겨우 자리를 잡았다. 컵라면의 뚜껑을 벗기고 면을 젓는데 녀석이 편의점 인기 메뉴인 소떡소떡의 포장을 뜯으면서 말했다.

"아, 이건 정말 가져가고 싶다."

"어디에?"

"어디긴 어디야, 내가 살던 세계지."

녀석은 천연덕스럽게 대답하며 소떡소떡을 한 입 베어 물고 행복한 표정을 지었다. 내가 곱지 않은 눈길을 보내자 녀석은 "히힛." 하며 일부러 더 소리 내어 씹었다.

자신은 미래에서 왔고 여기는 잠시 머무는

곳이라는 것이 녀석의 이야기다. 그런데 돌아갈 때 가져가고 싶은 음식이 너무 많아 걱정이라나. 녀석은 꼬박꼬박 밤 열 시면 편의점 앞에서 내가 오기를 기다렸다가 매일 메뉴를 바꿔 가며 야식을 즐겼다.

녀석의 이름은 박람. 나와는 올해 고등학교에 입학하면서 알게 된 사이다. 영화감독이 장래 희망이라는 녀석은 상상력이 풍부했다. 아니, 풍부한 것을 지나 넘쳐흘렀다.

처음에는 물론 재미있다고 생각했다. 그러나 그 애가 뿜어 대는 기발한 생각들이 어느 순간부터 신선하다기보다는 처치 곤란 쓰레기처럼 귀찮게 여겨졌다. 그래서 이제 웬만한 소리에는 반응을 하지 않는다. 세 시간 동안 학원에 갇혀 인내심을 쥐어짜고 온지라 녀석의 허무맹랑한 상상에 장단 맞출 힘이 남아 있지 않았다.

그런데 얘는 뭘 했다고 또 먹는 걸까?

"너, 저녁 먹었지?"

"응. 너랑 야식 먹을 거니까 간단하게 라면 하나 끓여 먹었지."

"그런데 또 배고파?"

"야, 양지훈, 너만 바쁜 줄 아냐? 나도 오후 내내 돌아다녔어. 탈진 직전이야."

그러면서 오늘의 야식을 맛나게 먹는다. 참 나, 할 말이 없게 만드는 녀석이다.

처음 녀석을 우연히 만난 곳도 이 편의점이다. 같은 반이라 얼굴은 아는 사이였지만 개학

하고 석 달이 지나도록 대화다운 대화를 한 기억이 없었다. 그러나 정글 같은 학원가에서 아는 얼굴을 만났다는 반가움 때문일까? 우리는 누가 먼저랄 것 없이 아는 척을 했다. 근처 학원에 다니는 줄 알았는데, 아니었다. 람은 편의점 건물 3층의 원룸텔에 살고 있었고, 이 편의점은 그 애의 전용 식당이나 다름없었다.

학교가 끝나면 학원으로 직행하는 나와 달리 람은 학교 가방을 멘 채 여기저기 돌아다녔다. 마치 시골에서 도시로 구경 온 시골쥐처럼 돌아다니는 것이 재미있고 신기하다고 했다.

"오늘은 어디 갔었어?"

궁금하진 않았지만 딱히 할 말도 없어서 물었다.

"전철 타고 서쪽에 갔다 왔어."

람은 편의점 출입구 바깥쪽을 바라보며 마치 자신이 다녀온 곳을 떠올리는 듯이 눈을 가늘게 떴다.

"서쪽?"

"응, 그 동네 구경 좀 했지. 근데 대단하더라."

"뭐가?"

"거기, 로이타워라고 알지? 고층 쇼핑몰 말이야. 엄청 화려하고 층층마다 사람이 그득하더라고……."

"새로 지은 쇼핑몰이 다 그렇지, 뭐."

"거기 불나거든. 대형 참사였다지. 나중에 공원으로 만들어져서 추모비 보러 간 적 있어. 사람이 많이 죽었……."

람은 이야기를 하다가 내 얼굴을 보고는 '아차' 하는 표정을 지었다. 이건 또 무슨 소리일까? 혹시 저 녀석은 매 순간 영화 시나리오를 짜고 있는 것이 아닐까? 어쩌면 저토록 자연스럽게 이상한 말을 할 수 있는지……

"미안, 미안. 헛소리 그만할게."

내 마음을 읽었는지 람은 자신이 한 말을 부인하며 소떡소떡을 크게 한 입 베어 물었다. 정말 이상한, 아니 웃기는 녀석이다. 스리슬쩍 넘어가려고 하길래 나는 꼬투리를 잡았다. 거짓말이 길어지면 들통나는 법이니까.

"야, 네가 정말로 미래에서 왔으면 언제 불나는지 정확한 날짜를 대 봐. 그래야 그날 화재 안 나게 대비하지."

그러자 녀석은 곤란하다는 표정을 지으며 말했다.

"그런 건 금지되어 있어. 시간 여행 도중 미래에 일어날 일에 변화를 일으키면 안 되거든. 변화가 생기면 미래 세계에 아주 끔찍한 일이 벌어져. 그래서 아주 구체적인 가이드라인이 있어. 허용되는 일과 절대 허용되지 않는 일, 아주 사소한 변화만 허용되는 셈이지. 그걸 잘 지켜야 해. 만약 미래를 위협하는 상황이 되면 내 여행도 즉시 종료되지."

어쭈. 녀석은 아주 진지한 표정으로 대답했다. 그래, 좋겠다. 녀석의 상상력은 가히 우주적이다. 토를 달려고 한 내가 바보지.

할 말이 없어진 나는 화제를 바꾸었다.

"근데 너 언제까지 혼자 살아?"

그동안 람은 잠시 혼자 와 있는 거라고만 했다. 가족 이야기가 나오면 그토록 나불대던 입이 갑자기 무거워졌다. 가끔씩 엄마 이야기는 했다. 아빠는 같이 안 산 지 오래되어 기억이 거의 없다고 했다. 람의 말을 들어 보면 람의 엄마는 다정한 사람이었다.

"이제 얼마 안 남았어. 참 세월 빠르다. 학기 초만 해도 시간이 많은 줄 알았는데……."

"그럼 엄마가 여기로 오시는 거야?"

"아니, 내가 갈 거야."

"간다고? 그럼 전학 가?"

람은 고개를 천천히 끄덕이는가 싶더니 이내 멈추고 뭔가 생각하는 듯한 표정을 지었다.

표정이 제법 심각하다. 쳇, 간다는 거야, 안 간다는 거야.

만약 람이 전학을 간다면 아쉬운 건 내 쪽이다. 이 나이에 단짝이 필요한 것은 아니지만 그나마 학교에서 제일 만만한 상대가 사라지는 셈이다. 그 애가 없는 것보다는 실없는 농담을 듣는 쪽이 훨씬 나았다.

"여기로 오시라고 해. 학원도 다니고 공부 시작해야지. 넌 아는 게 많으니까 금방 성적 오를 거야."

생각해 주는 척 말해 보았지만 람은 아무 반응이 없다. 그저 마지막 떡 조각을 우적우적 씹을 뿐이었다.

그때 무음으로 해 놓은 내 휴대폰 화면이 밝

아지면서 '엄마'라는 글자가 떠올랐다. 학원 마치고 집에 올 시간이 되었는데 왜 오지 않느냐는 감시 전화다. 언제나 그러듯이 나는 신경 쓰지 않고 남은 국물을 들이켰다.

"전화 안 받아?"

화면에 '엄마'가 떴다 사라지기를 반복하자 람이 내 눈치를 보며 물었다.

얼마 전까지만 해도 엄마는 매번 학원 앞으로 데리러 왔다. 하지만 나의 증세가 심해지면서 나는 혼자 다니겠다고 선언했다. 그 증세란게, 말하자면 답답증 같은 것이었다. 엄마랑 같이 있으면 그 공간 어딘가에 구멍이 생겨 거기로 산소가 막 빠져나가는 것처럼 숨을 쉬기가 힘들었다.

혼자 다니겠다고 하자, 처음에 엄마는 안 된다고 했다. 하지만 내가 고집을 피우자 한눈팔지 않고 학원에만 다닌다면 그렇게 하라며 양보했다. 그 후로는 학원 시작 시간, 끝나는 시간에 맞춰 전화를 해 댔다. 학원에도 어지간히 전화를 하는지 선생님들도 내가 학원에 출석했는지 수시로 확인했다.

"니네 엄마는 이러지 않지?"

내가 묻자 람은 긍정도 부정도 하지 않았다. 내가 엄마 때문에 힘들어할 때마다 어머님께 잘 이야기해 보라며 꼰대 같은 소리를 반복하더니 이제는 아무 말도 하지 않는다.

"집에 가기 싫어. 니네 집에서 재워 주라."

생각도 못 했던 말이 내 입에서 튀어나왔다.

람도 놀란 것 같았다.

"그, 그건 안 돼."

"왜 안 돼? 어차피 너 혼자잖아."

"좁아서 나 눕기도 빠듯해."

"난 앉아서 자면 돼. 내가 그거 전문이잖아."

나는 막무가내로 졸랐다. 처음에는 농담으로 시작했지만 이야기하다 보니 안 될 건 또 뭐냐는 생각이 들었다. 친구네서 하루 잘 수도 있지, 뭐.

하지만 람은 완강했다.

"그래도 안 돼. 절대 안 돼."

너무 그러니까 살짝 기분이 나빠졌다.

"미안해. 아니, 비좁고 지저분해서 그래. 나도 초대하고 싶은데……"

람은 내 눈치를 살피며 덧붙이더니 결국 말을 흐렸다.

"치사한 녀석!"

한마디 내뱉고 자리에서 일어났다. 람도 내 뒤를 따라 일어났다. 그러고는 아무 말도 않고 버스 정류장까지 따라왔다. 물론 람은 버스를 타지 않는다. 하지만 처음 편의점에서 만났던 날부터 빠짐없이 나를 배웅했다. 나는 일부러 돌아보지 않고 버스를 탔다. 그러고는 버스가 출발한 후에야 슬쩍 람이 있는 곳을 쳐다보았다. 온 길을 되돌아가는 그 애의 뒷모습이 보였다. 문득 엉뚱한 생각이 떠올랐다.

'저 녀석, 낮에는 뭐 할까? 한번 미행해 볼까?'

2.

현관문을 열고 들어서니 엄마가 잔뜩 인상을 쓴 채 기다리고 있었다.

"왜 이렇게 늦었어?"

나는 대답하지 않고 방으로 직행했다. 엄마가 쫓아와서 물었다.

"왜 대답 안 해?"

이럴 때는 세게 나가야 한다. 고등학생이 되고 나서야 이 진리를 깨달았다. 이전까지는 꾸

역꾸역 엄마가 원하는 대로 착한 아들 코스프레를 하며 살아온 것이다.

"아이 씨, 배고파서 뭐 좀 먹고 왔어. 그것도 안 돼?"

엄마의 얼굴에 당혹감이 서렸다. 나는 엄마가 무슨 말을 하고 싶은지 훤히 알고 있다. 학원 테스트 점수에 대해 이야기하려는 것이다.

"이렇게 해 가지고 따라잡겠니?"

엄마가 초조한 눈빛으로 나를 바라봤다. 그런 행동이 나를 얼마나 숨 막히게 하는지 아직도 모르는 걸까?

나는 물러서지 않았다.

"왜? 학원 다녀 주면 됐잖아? 엄마 소원대로 다니잖아?"

엄마의 얼굴이 일그러지며 입술 양 끝에 힘이 들어갔다. 엄마가 원하는 위치에 나는 절대로 도달할 수 없는데, 서로가 이미 알고 있는데도 엄마는 미련을 버리지 못한다.

"얘가 지금 무슨 말을 하는 거야?"

"엄마 닮아서 그런 걸 어쩌라고?"

엄마의 눈동자에 불이 붙는다. 하지만 어쩔 수 없다. 내가 살려면, 내가 숨 쉬려면 엄마를 이 공간에서 몰아내야만 하니까. 약한 곳을 찔렸으니 이제 내 방에서 나가겠지.

엄마는 아무 말도 않고 나를 뚫어져라 쳐다본다. 나는 보이지 않는 불길에 휩싸인 것처럼 손끝 발끝이, 아니 온몸이 뜨겁게 느껴진다. 그렇게 쳐다보던 엄마가 입을 앙다문 채 돌아

선다.

딸깍.

방문이 닫힌다. 이제야 평화가 찾아왔다. 나는 길게 숨을 내쉰다.

남들이 말하는 최고 학벌을 자랑하는 아빠와는 달리, 엄마는 그러지 못했다. 아빠 쪽 친척은 다들 공부를 잘했다. 나는 어렸을 때부터 공부 잘하는 사촌들과 비교되었다. 엄마는 내가 공부를 못하는 것이 자신 때문이라고 생각하는지 더 조바심을 내며 나를 학원으로 돌렸다. 하지만 그렇게 고생을 해도 내게 돌아오는 영광은 없었다. 공부라는 녀석은 나를 때려눕히고 유유히 내 세상에서 사라졌다. 여전히 나는 출구가 없는 구멍 속으로 들어가고 있다.

돌아오는 길도 모른다.

  다음 날, 학교에서 만난 람이 내 눈치를 보며
물었다.

  "화 풀렸냐?"

  순진한 녀석. 이 형님 소갈딱지가 설마 그 정
도도 안 되겠니? 녀석은 편의점에서 산 듯한 음
료수 하나를 내 책상 위에 올려놓고 제자리로
갔다. 방에 못 오게 한 게 마음에 걸렸나 보다.

  람은 책상에 앉아 교과서를 유심히 들여다
보았다. 그 애는 다른 아이들처럼 학교에 와서
문제집을 푼다거나 학원 교재를 푼다거나 하
지 않았다. 오로지 교과서만 보았다. 만화책이
나 잡지도 보지 않았다.

그런데 나만 느낀 걸까? 그 애가 교과서를 보는 모습은 다른 애들과 뭔가 달랐다. 공부한다기보다는 '도대체 이건 뭐지?' 하고 바라보는 느낌? 마치 경쟁사가 내놓은 신제품을 살펴보는 것처럼 호기심과 경계심이 함께 담긴 표정이었다. 수업 시간에도 마찬가지였다. 성적을 올리고 말겠다는 듯한 집착은 보이지 않았지만, 자포자기한 흐리멍텅한 눈빛도 람과는 거리가 멀었다. 녀석은 정말 궁금해하며 칠판을 바라보고 선생님의 이야기를 들었다. 아마 나만 발견했을 거다. 누구도 그 녀석을 유심히 바라보고 있지 않으니까.

오늘은 방과 후 동아리 활동이 있는 날이라서 조금 늦게 학교를 나섰다. 이런 날은 쉴 틈도 없이 학원으로 직행해야 한다. 그런데 오늘따라 학원에 가기가 싫었다. 처음에는 막연히 가기 싫다는 생각이었는데, 그 생각을 굳히는 일이 생겼다. 학교 앞 버스 정류장에 아이들이 한꺼번에 몰리는 바람에 학원행 버스를 놓친 것이다. 다음 버스를 타려면 12분을 더 기다려야 했다.

초조한 마음으로 버스를 기다리다가 중요한 사실을 깨달았다. 학원에서 오늘 단어 시험을 본다고 했다. 틀린 사람은 남아서 다 맞을 때까지 재시험을 봐야 한다. 그냥 겁준 게 아니라면 나는 오늘 집에 못 갈지도 모른다. 그리고 내일 새벽에는 학원에 갇힌 단어 좀비가 되어, 글자가 쓰여 있는 종이들을 닥치는 대로 집어삼키고 있을지도 모른다. 이런 생각이 들자 더욱 강렬하게 학원에 가기 싫어졌다.

그때였다. 낯익은 형체가 내 눈에 들어왔다. 녀석은 이쪽 편에 서 있는 나를 못 보고, 내가 한 번도 타 본 적 없는 버스에 올라탔다. 아이들이 우르르 타는 동안 나는 재빨리 결정을 내렸다. 오늘은 학원에 가지 않겠다. 대신 박람을 미행한다.

버스를 타고 가는 동안, 들키기 십상이라고 생각했다. 내가 무슨 변장을 한 것도 아니고, 투명 망토를 입은 것도 아니니까. 람이 나를 발견하면 뭐라고 얼버무릴지부터 생각해 두었다. 하지만 그 애는 내가 있다는 걸 눈치채지 못했다. 오로지 바깥 풍경과 버스 노선표에

신경을 집중하고 있었다. 그러는 사이 열 개가 넘는 정류장을 지나쳤다. 나는 맨 뒷자리에 앉아 휴대폰을 보는 척 고개를 숙이고 람의 기색을 살폈다.

람이 내리고, 그 뒤를 따라 내리는 사람들 속에 섞여 나도 내렸다. 람은 서두르지 않고 걸었다. 그곳은 평범한 변두리 주택가였다. 도대체 이 동네에 왜 온 걸까? 어제 새로 지은 쇼핑몰을 구경하고 온 것처럼 이 동네에도 구경할 만한 무언가가 있는 건가? 아니, 혹시 람의 엄마가 사는 동네일까? 아주 먼 곳에 계시다고 했지만 어쩌면 거짓말인지도 모른다.

만약 람의 엄마가 람의 아빠와 헤어진 후 재혼을 했다면? 하지만 람은 새아빠와 친해질

수 없었다면? 그래서 집에서 나올 결심을 하고 원룸에 혼자 사는 것이라면? 왠지 이야기가 점점 그럴 듯해졌다. 그래서 람은 엄마를 만나러 가끔 집에 들른다. 바로 이 동네다.

하지만 곧 그게 아니라는 깨달음이 들었다. 람은 어떤 행선지를 명확하게 정한 것이 아니었다. 람은 천천히 동네를 배회했다. 상가 주변을 어슬렁거리다가 얼음이 가득 든 주스를 사서 먹었다. 상가에서 나와 잠시 걷더니 근처 공원 입구를 기웃거리다가 한적한 주택가로 들어섰다. 나는 조금 떨어져서 천천히 따라갔다. 람은 동네를 한 바퀴 빙 돌더니 아까 지나쳤던 놀이터 앞에 멈췄다. 그러고는 놀이터에서 놀고 있는 아이들을 물끄러미 바라보았다.

나는 조금 물러서서 골목 모퉁이를 끼고 몸을 숨겼다. 람이 고개를 조금만 돌려도 나를 발견할 것 같았기 때문이다.

나는 솔직히 지쳤다. 미행하는 재미가 전혀 안 느껴졌다. 람은 거의 한 시간 동안 이 동네를 빙빙 돌기만 했다. 마치 심심해서 산책 나온 할머니 같았다.

여긴 왜 온 거지? 혹시 이 동네에도 나중에 무슨 일이 생기는 것 아닐까? 생각이 여기까지 미치자 깜짝 놀랐다. 내가 어느새 그 애 말을 믿고 있는 것이다. 미래에 화재가 나 몽땅 타 버릴 쇼핑몰이라니, 그 자리에 세워질 공원과 추모비라니…… 내가 생각해도 웃겨서 피식 웃었다.

이쯤에서 철수해야겠다고 생각하는데 뒤에서 기척이 느껴졌다.

"양지훈?"

헉, 들킨 건가? 그런데 목소리가 좀······.

"지훈이 너, 여기 웬일이야?"

고개를 돌려 보니 낯익은 얼굴이 서 있었다. 삼십 대 후반의 인상이 과히 나쁘지 않은 남자, 바로 담임 선생님이었다. 전혀 예상치 못한 인물의 등장에 나는 어찌할 바를 몰랐다. 설마 학원 땡땡이쳤다고 잔소리 듣지는 않겠지.

이런 되도 않는 생각을 하고 있는데 선생님 손을 잡고 있는 너덧 살 먹은 여자아이가 눈에 들어왔다. 그 애는 눈을 동그랗게 뜨고 나를 쳐다보았다. 등에 멘 가방을 보니 어린이집에서 오는 길 같았다.

"이 오빠는 아빠 반 학생이야."

그러자 여자아이는 알았다는 듯이 고개를 끄덕이며 나를 빤히 바라보았다. 선생님이 빙긋 웃으면서 내게 말했다.

"지훈이 너, 이 동네엔 웬일이야?"

집이 근처인 모양이었다. 퇴근하는 길인 듯 한쪽 어깨에 가방을 메고 있었다.

"아, 그, 그냥, 와 봤어요."

"그냥 왔다고? 뭔 소리야? 저녁 시간 다 됐는데 빨리 집에 가."

아무래도 빨리 내빼는 것이 정답일 것 같아서 큰 소리로 대답하고 빠른 걸음으로 골목을 빠져나왔다. 그러면서 놀이터 안을 휙 둘러보

왔다. 하지만 람은 그 안에 없었다. 어디로 사라진 걸까?

집 근처로 돌아왔지만 여전히 집에 가기는 싫었다. PC방에서 열 시가 될 때까지 시간을 때우다가 편의점으로 향했다. 가는 길에 편의점 건물 3층의 가장 왼쪽 창문에서 불이 꺼지는 모습을 보았다. 잠시 후 건물 입구에 트레이닝복 차림의 람이 나타나더니 바로 편의점으로 들어갔다. 학원 수업을 끝내고 거리로 쏟아져 나온 아이들로 주변이 점점 복잡해졌다. 나는 불이 꺼진 맨 왼쪽 창문의 위치를 확인해 두었다. 그 애가 사는 곳을 정확히 알아 두고 싶었다.

편의점에 들어가자 람이 역시나 밝은 얼굴

로 나를 불렀다. 오늘도 새로운 메뉴를 찾아 손에 들고 있었다. 나도 그 애와 똑같은 메뉴를 집어 들었다. 컵라면은 아까 PC방에서 먹었기 때문이다.

"오늘은 뭐 했어?"

내가 먼저 물었다. 람은 바로 대답하지 않고 무언가 생각하는 듯한 표정을 지었다.

"오늘도 역사적 현장에 갔다 온 거야?"

내가 재차 묻자 람이 고개를 저었다.

"그럼 어디 갔다 왔는데?"

람이 특유의 미소를 빙긋 지으며 대답했다.

"……고향?"

나는 그 애의 엉뚱한 대답에 할 말을 잃었다.

3.

나비 한 마리가 날아와 내 손등 위에 앉는다. 날아가지 않고 손등에 그대로 앉아 있는 것이 신기하다. 나비가 날아갈까 봐 움직이지 않고 가만히 있는데, 날개에 무언가 글자 같은 것이 쓰여 있다. 나는 고개를 숙이고 유심히 들여다본다. 아, 저건! 영어 단어다. 내가 오늘 외워서 시험 보아야 했던 단어. 내가 한숨을 푹 내쉬자 나비가 앉아 있는 손등에 날카로운 감각이 느껴진다. 마치 작은 바늘에 찔린 것처럼……

갑자기 사방에서 나비들이 날아온다. 그리고 한꺼번에 내 몸에 앉는다. 나는 두려워진다. 내 입에서 저절로 신음 소리가 난다. 나비들의 날개에는 모두 영어 단어가 쓰여 있다. 알파벳으로 무장한 나비들이 내 몸에 붙어 따갑게 찌르기 시작한다. 나는 나비들을 쫓아내려고 허우적대지만 그것들은 날개를 파닥이며 다시 달라붙는다. 그때 어디선가 천둥 같은 소리가 들린다.

"벌레 같은 자식!"

아빠가 화를 낸다. 내가 학원에 빠졌다는 것을 알았기 때문이다.

"공부 못하는 건 어쩔 수 없다고 쳐. 거짓말

하는 건 더 나쁜 거야. 벌레 같은 자식!"

아빠의 호통 소리와 함께 엄마가 흐느끼는 소리가 들리자 나비들이 바르르 몸을 떤다. 몸을 떨던 나비들이 꿈틀거리더니 하나씩 하나씩 벌레로 변한다.

으아아아악, 징그러워. 저리 가, 저리 가!

나는 바닥을 뒹굴며 벌레들을 떼어 내려고 애쓴다. 갑자기 벌레들이 한꺼번에 날아오르더니 다시 나비가 되어 날아간다.

나는 일어나 나비 무리를 따라간다. 어느새 나는 람이 사는 건물 앞에 서 있다. 그다음 장면은 그 애의 방문 앞이다. 나는 용기를 내어 방문을 연다. 문이 스르르 열리고 그 방에 한 발짝 걸음을 내디디는 순간, 나는 깜짝 놀라

숨을 멈추고 만다.

컴컴한 방 한가운데 거대한 구멍이 마치 우주 공간에 뚫린 시커먼 소용돌이처럼 빠른 속도로 돌고 있다. 구멍에서 나오는 차가운 바람이 온몸에 부딪혀 흩어진다. 조금만 발을 잘못 내디디면 우주의 끝없는 구멍 속으로 빠질 것만 같다. 나는 빠지지 않으려고 애쓰며 생각한다. 람은 어디 있지? 어느 곳에도 람은 보이지 않고 대신 내가 딛고 있는 바닥이 점점 물컹해지면서 내 몸이 가라앉는다. 몸을 가눌 새도 없이 다시 '슈육' 하고 내려앉더니 이내 구멍 속으로 빨려 들어간다.

으아아아아악, 살려 줘어!

허우적거리다가 잠에서 깨어났다. 불 꺼진 방의 어둠이 나를 내려다보고 있었다. 나도 내 몸을 살펴봤다. 숨을 못 쉴 것 같고 온몸이 아픈데도 내 몸은 상처 하나 없이 멀쩡했다. 이마의 땀을 닦고 몸에서 힘을 뺐다. 그런 상태로 잠시 있자 조금씩 안정을 찾을 수 있었다. 하지만 쉽사리 잠들지 못했다. 이곳에서 탈출하고 싶다는 생각만 간절했다.

나도 람처럼 혼자 살 수 있다면…….

바꿀 수만 있다면 그 애와 바꾸고 싶었다.

다음 날에도 학원에 가지 않았다. 곧장 PC방으로 갔다. 게임을 시작했지만 자꾸 죽어서 재미가 없었다. 시간도 때울 겸 영화를 보기로 했다.

우연히 시간 여행에 대한 영화가 눈에 띄어 그걸로 골랐다. 특수 장치니 시공간 이론이니 하는 것은 무슨 말인지 하나도 모르겠고, 주인 공이 현재에서 과거로 간 사연만 이해가 되었다. 주인공은 과거로 돌아가 젊은 시절의 자기 부모를 만난다. 하마터면 아빠와 엄마가 헤어질 뻔하지만 주인공이 애쓴 덕분에 결국 해피엔딩. 그러고 보니 시간 여행의 주인공들은 대개 과거로 돌아가 자신의 조상을 만난다. 만약 람이 진짜로 미래에서 왔다면 람도 자신의 조상을 만날 확률이 99퍼센트다. 상상이 엉뚱한 곳으로 뻗다가 결국 이상한 결론에 이르렀다. 람이 이곳에서 친하게 지내고 있는 사람은 나밖에 없는데, 그럼 내가 람의 조상? 하하하, 웃고 말았다.

밤에 집에 돌아가자 엄마가 머리끝까지 화나 있었다. 엄마는 내게 목소리를 높였고 나도 지지 않고 대꾸했다. 그 소리를 들은 아빠가 내 멱살을 잡고 질질 끌어 현관 밖으로 나를 내동댕이쳤다.

"이런 놈은 먹여 주고 재워 줄 필요 없어!"

아빠의 화난 목소리가 귓가에서 쟁쟁 울렸다. 현관문은 굳게 닫혔고 나는 졸지에 집에서 쫓겨나고 말았다.

이제 더는 화도 나지 않고 억울하지도 않았다. 하룻밤쯤 밖에서 지낸다고 죽는 것도 아니고, 죄도 짓지 않았는데 죄수처럼 살아야 하는 집에 있는 것보다 밖이 더 나을지도 몰랐다. 하지만 아파트 화단 벤치에 30분쯤 앉아 있으니 순찰을 돌던 경비 아저씨가 내 주변을 맴돌면서 호기심 어린 눈으로 쳐다보았다. 빨리 집에 가라고 시위를 하는 것 같았다. 아, 대한민국 고딩은 집 앞 벤치에도 마음대로 못 앉아 있는구나. 어쩔 수 없이 일어나 단지 밖으로 나갔다.

내가 멈춘 곳은 람이 살고 있는 원룸텔 앞이었다. 3층 맨 왼쪽 창문에 불이 켜진 것을 확인하고 건물로 들어섰다. 아직 자정이 지나지 않아서인지 1층 현관문이 잠겨 있지 않았다. 나는 람이 사는 방의 문을 두드렸다. 아무 기척이 없었다. 혹시 이 방이 아닌가······.

나는 다시 방문을 두드렸다. 이번에도 조용
했다. 더 두드리면 다른 방에서 항의를 할 것
같았다.

"나야 나, 문 좀 열어 줘."

문틈에 입을 갖다 대고 간절히 불렀다.

"지훈이?"

"그래, 나야."

딸깍 열린 문틈으로 람의 놀란 얼굴이 보였
다. 나는 재빨리 나의 긴급한 사연을 전했다.

"미안해, 집에서 쫓겨났어. 갈 데가 없어
서……."

그러자 람이 문을 활짝 열었다. 나는 조심스
레 그 애의 방으로 들어섰다.

그 방은 내가 꿈에서 봤던 기괴한 방과는 아

주 딴판이었다. 작지만 깔끔하게 꾸며져 있었다. 특히 침대가 있는 쪽 벽이 눈을 끌었다. 각종 영화 포스터와 크고 작은 전단지가 벽면 가득 붙어 있었다. 어디서 구했는지 오래된 영화 포스터도 몇 장 눈에 띄었다. 맞아, 람의 장래 희망이 영화감독이었지.

"와아."

내가 포스터들을 보며 감탄하니 람이 쑥스러운 듯 말했다.

"우리 엄마는 이런 거 모으는 거 싫어해. 영감 같다고……."

람은 편의점에서 산 과자를 내게 내밀었다. 그러더니 냉장고에서 맥주 한 캔을 꺼냈다.

"먹을래? 운 좋게 얻은 거야."

잠시 망설였다. 맥주를 즐기지 않기 때문이다. 물론 즐길 나이도 아니지만. 그러나 고개를 끄덕였다. 람은 종이컵에 맥주를 따라 내게 주었다. 우리는 건배를 하고 마셨다. 람이 내민 맥주를 마시면서 나는 혹시 포스터들로 가려진 벽에 커다란 구멍이 있지 않을까 상상해 보았다. 람이 일부러 포스터를 붙여 그 구멍을 가린 것 아닐까? 나는 그렇게 믿고 싶었다.

다음 날 나와 람은 평소보다 30분 일찍 등교했다. 아침에 교문만 통과하면 교복 없이 하루를 날 수 있기 때문이다. 다행히 교문 지도를 맡은 선생님이 나오기 전에 교문을 통과했고 나는 람의 체육복을 입고 하루 종일 지냈다.

집에 들어가지 않아도 이토록 멀쩡하게 학교를 다닐 수 있다니, 신기했다.

오늘 새벽 두 시쯤 엄마로부터 문자가 왔다.

[어디니? 아빠한테 잘 말할 테니까 집에 와.]

씹을까 하다가 답 문자를 보냈다.

[친구네서 잘게.]

걱정 말라고 한마디 덧붙였다가 지웠다.

람은 사흘을 더 재워 줬다. 나는 착실히 학교에 갔다가 방과 후에는 람이 가는 곳을 따라 다녔다. 번화한 거리를 돌아다니다가 찜질방에 가기도 했다.

셋째 날 저녁, 람이 내게 말했다.

"우리 심야 영화 보러 가자."

나는 한 번도 심야 영화를 보러 간 적이 없었다. 초등학생일 때는 가끔 아빠, 엄마와 주말에 영화도 보고 외식도 했다. 하지만 모두 까마득한 옛일 같다. 영화관에 간 지도 오래되었다. 나는 구미가 당겼다.

"나, 이거 보려고 얼마나 별렀는데……. 여기 오기 전부터 검색 다 해 놓고 기다리고 있었거든. 드디어 역사적인 순간을 함께하게 됐어!"

람은 흥분을 감추지 못했다. 15분 거리의 영화관에 가는 동안 람은 쉬지 않고 영화 이야기를 했다. 이 동네에 온 뒤, 혼자 본 영화만 스물두 편이라고 했다.

"이 영화를 시작으로 시리즈가 계속 나와. 정확하게 열일곱 편. 지금 우리가 보는 것이 전설적인 세계관의 시작이지. 아 참, 너는 스타워즈 시리즈나 마블 유니버스 정도밖에 모르겠구나. 이제 알아 둬야 할 거야. 새로운 유니버스가 탄생하는 순간이니까. 우리는 지금 영화 역사상 가장 위대한 시리즈의 개봉을 직관하러 가는 거라고."

람이 그렇게 흥분하는 모습은 본 적이 없었다. 그토록 횡설수설하는 모습도 처음이었다. 어쨌든 그 애는 내가 모르는 세계에 대해 이야기하고 있었다. 나는 그 애가 하는 말을 반박하거나 가로막지 않고 가만히 들었다. 어차피 나는 지금 그 애의 세계, 람의 유니버스에 방문한 신세니까.

영화를 보는 동안 람은 숨도 쉬지 않는 것 같았다. 아까부터 궁금했던 것을 물었다.

"그럼 너 이거 처음 보는 거 아니야?"

"처음이라니, 수십 번 봤지."

"근데 왜 또 봐?"

"쉿!"

람은 검지를 입술에 갖다 대며 조용히 하라는 신호를 보냈다. 그리고 수십 번 봤다는 영화를 러닝 타임 내내 화면 속으로 들어갈 듯이 몰입하여 보았다.

영화는 재미있었다. 앞으로 열여섯 편이 더 만들어질 만큼 엄청난 인기를 끌지는 잘 모르겠지만 괜찮았다.

"지훈아, 고마워."

오는 길에 람이 진지하게 말했다.

"정말 기대 안 했는데……. 너 같은 친구를 만날 거라고 생각도 못 했어. 여행에는 늘 예기치 않은 일이 일어난다더니……. 좌표를 미리 정한 상태였거든. 그런데 개봉하는 시점이랑 딱 맞을 줄이야. 얼마나 신났는데. 그걸 친구와 함께 보게 될 줄 정말 몰랐어. 같이 봐 줘서 고마워."

고맙다는 말은 내가 해야 하는데 그 애가 했다. 람의 이야기가 앞뒤가 안 맞는다고 생각했지만 나는 가만히 있었다. 그걸 따져서 괜히 그 애의 기분을 잡치고 싶지 않았다. 조금 걱정스럽긴 했다. 처음에는 농담인 줄 알았는데 녀석이 언제나 진지하니 나까지 심각해졌다. 어쩌다 저렇게 엉뚱한 생각에 빠지게 된 걸까.

람의 방으로 돌아와 대충 씻고 누웠다. 내일은 집에 돌아가야겠다는 생각이 들었다. 고함이 날아오든 매가 날아오든 버텨 보는 수밖에 없다. 왠지 그렇게 무섭지만도 않았다. 예전 같으면 겁이 나서 안절부절못했을 텐데…… 나도 변한 걸까? 엄마가 이틀 동안 전화랑 문자를 수십 번 했다. 어쨌든 나를 걱정하고 있는 것이다.

우리는 몹시 피곤했기 때문에 금세 잠들었다. 정신없이 자는데 갑자기 이마 위로 선득한 기운이 느껴졌다. 무언가 이상한 느낌에 떨어지지 않는 눈꺼풀을 겨우 치켜올렸다. 나는 람의 침대 옆 바닥에 이불을 깔고 자고 있었는데 침대 위에서 푸르스름한 빛 같은 것이 비치고 있었다. 고개를 돌려 벽 쪽을 본 순간 내 눈을 의심했다.

포스터가 잔뜩 붙어 있던 벽은 어딘가로 사라지고 그 자리에 유리로 된 통창이 있었다. 그리고 그 너머로 넓은 공간이 보였다. 푸르스름한 빛깔이 도는 그 공간은 아까 보았던 영화에서 나올 법한 첨단 장치로 꾸며져 있었다. 그 안에서 람이 길쭉한 은빛 의자에 앉아 자연스럽고 편안한 포즈로 자기 앞에 펼쳐진 여러 개의 크고 작은 화면을 동시에 보고 있었다. 화면 안에는 여러 가지 장면이 펼쳐지고 있었는데, 사람들, 밤하늘, 숲, 처음 보는 기계, 이상한 활자 등 다양했다.

람은 화면을 보면서 미소를 짓기도 하고 울상을 짓기도 했다. 그런 람의 모습이 무척 낯설게 여겨졌다. 나는 누운 채로 조용히 그 애를 지켜보았다.

"지훈아, 일어나. 밥 먹자."

람의 목소리에 눈을 떴다. 창밖에는 벌써 해가 하늘 높이 떠올라 있었다.

"너, 너?"

나는 벌떡 일어나며 방을 둘러봤지만 어젯밤 봤던 투명창이나 미지의 공간 따위는 없었다. 포스터가 붙어 있는 낯익은 벽이 말없이

나를 지켜보고 있을 뿐이었다. 놀란 내 얼굴을
보며 람이 어리둥절한 표정을 지었다.

"왜? 안 좋은 꿈 꿨어?"

람의 말에 나는 아무 말도 하지 못했다. 그냥
고개만 몇 번 끄덕거렸다.

4.

사흘을 밖에서 버티자 담임도 가출 사실을 알게 되었다.

"박람이랑 같이 있다고?"

조금 놀란 표정이었다. 선생님도 람이 혼자 산다는 것을 알고 있을까?

"기특한 녀석이네. 친구도 챙기고……."

의외의 말이 나왔다.

"하긴 람이 정도면 괜찮은 녀석이지."

메가톤급 잔소리가 떨어질 줄 알았는데 선생님은 나를 살살 달랬다.

"그런데 지훈아, 이제 집으로 돌아가. 부모님이 정말 걱정 많이 하신다. 이 마음은 정말 부모가 돼 봐야만 아는 거야. 반항을 해도 집에 들어가서 해. 이렇게 집에서 나와 있는 건 정말 못할 짓이야."

그날 저녁, 집에 들어가자 분위기가 조금 달랐다. 엄마는 내 눈치를 보았고 아빠는 나를 투명인간 취급했다. 살벌한 전투를 예상했는데 전혀 아니었다. 그러든 말든 나는 신경 쓰지 않기로 했다. 분명한 것은 엄마도, 아빠도 조금은 내려놓은 것 같다는 거였다.

나는 학원을 그만두고 체육관에 다니기 시작했다. 무슨 특별한 계획이 있어서는 아니고 그냥 운동이 하고 싶어서였다. 내가 학원을 그만뒀다 하니 람이 말했다.

"공부가 다는 아니라잖아."

"그래서 너도 공부 안 하는 거야?"

"안 하긴, 세상 모든 것을 공부하고 있는데……."

람은 여전히 방과 후에 여기저기를 돌아다녔다. 가끔 나도 쫓아갔다. 학원에서 배운 것들은 하나도 기억나지 않지만 람과 돌아다니며 본 것들은 선명하게 기억에 남았다. 이상한 점은 그 애가 가족과 연락하는 걸 한 번도 본 적이 없다는 것이다.

"넌 엄마한테 연락 안 해?"

"엄마가 좀 바쁘시거든."

"일하셔?"

"응. 일도 바쁜 데다가 할머니가 요즘 몸이 안 좋으셔서 할머니도 챙겨 드려야 해. 우리 할아버지가 엄마 어렸을 적에 교통사고로 돌아가셨어. 그래서 할머니 혼자 우리 엄마를 키우셨어. 나도 할머니가 다 키워 주신 거나 다름없지."

나는 그 말을 듣고 속으로 놀랐다. 그런 사연이 있을 줄 몰랐다. 키워 주신 할머니가 편찮으시다니 람도 걱정이 클 것 같았다.

"이제 나도 돌아갈 날이 멀지 않았어."

람이 진지한 표정으로 나를 보며 말했다. 그

건 바로 우리가 헤어진다는 뜻이다. 그 애의 눈빛이 말해 주고 있었다.

"언제쯤 가는데?"

"이번 달 말쯤……."

이렇게 말하며 람은 눈을 들어 허공을 바라보았다. 이제 람의 얼굴을 보면 그 애가 어떤 마음인지 얼추 알 수 있을 것 같다. 그런데 지금 저 표정은 잘 모르겠다. 무엇 때문에 저렇게 알 수 없는 표정을 짓는 걸까? 나는 이상한 느낌에 휩싸였다. 그 애가 돌아가는 곳은 어떤 도시나 어떤 나라가 아닐 것이라는…… .

나는 불쑥 람에게 물었다.

"혹시 너, 나를 알고 있었니?"

람이 어리둥절한 표정을 지으며 나를 바라

봤다.

"너, 미래에서 왔다며? 그 미래에 나도 있을 거 아냐."

람의 얼굴에 빙그레 웃음이 떠올랐다.

"알지."

너무 쉽게 대답하는 바람에 오히려 내가 당황했다.

"안다고?"

내가 묻자 람이 말했다.

"지훈아, 걱정 마. 네가 지금 부모님과 잘 지내지 못한다 해도 너는 아무 문제가 없어. 너는 좋은 애야. 멋진 어른이 될 거야. 의심할 필요도 없어."

그 애의 입에서 청소년 인성 프로그램 강사

가 할 법한 말이 나오자 나는 좀 전에 내가 한 질문이 부끄러웠다. 도로 넣을 수만 있다면 주워 담고 싶었다.

여름 방학이 다가오고 람이 떠나야 하는 시간도 성큼 다가왔다. 담임과 이야기도 마쳤다고 했다. 그렇게 말하는 람의 얼굴이 많이 어두웠다. 람도 나와의 이별이 슬픈 걸까? 아니면 다른 이유가 있는 걸까? 람이 없으면 많이 심심하겠지만 그런대로 버틸 수 있을 것이다. 체육관에서 새로 친구들을 사귀어서 다행이었다. 뭐, 또 친구가 좀 없으면 어때? 그런 때가 있는 것도 괜찮을 것 같았다.

떠나기 하루 전, 람은 담임에게 인사를 하겠

다며 교무실로 향했다. 나도 따라갔다. 왠지 같이 가고 싶었다. 람과의 이별을 누군가와 함께하고픈 마음, 그런 것이었는지도 모른다. 그런데 람이 형식적인 인사 뒤 엉뚱한 이야기를 꺼냈다.

"선생님, 제 원래 이름은 시미람이에요. 그런데 너무 길어서 람이라고 한 거예요."

그 말을 들은 선생님의 눈이 커졌다.

"시미람? 그건 별 이름이잖아. 내가 좋아하는 별 이름인데······."

그러자 씩씩하던 람의 목소리가 흔들리기 시작했다.

"할아버지가 좋아하셨던 별 이름이라······ 엄마가 제게 붙여 주셨대요."

"오, 그래? 람이 할아버지랑 선생님이랑 통하는 데가 있네."

선생님이 미소 짓자 람도 따라 웃었다. 그런데 그 얼굴이 꼭 울 것만 같다. 녀석을 가까이서 지켜본 나는 알 수 있다. 울고 싶지만 웃으려고 맹렬히 노력하는 얼굴……. 급기야 그 애의 얼굴이 괴상하게 일그러지며 귀밑에서부터 벌게지기 시작했다. 무슨 일에든 여유만만이던 람이랑은 정말이지 어울리지 않는 모습이었다.

나는 엉거주춤 서서 선생님과 람의 기색을 살폈다. 선생님은 람의 상태는 눈치채지 못한 듯 전학을 가는 학생들에게 으레 할 법한 이야기를 했다. 전학 가서는 더 열심히 공부하고 건강도 잘 챙겨라. 람이는 걱정 안 해도 잘할 거다…….

그 이야기를 듣는 시늉을 하며 고개를 끄덕이던 람이 불쑥 물었다.

"선생님, 그거 따님 선물인가요?"

녀석이 갑자기 선생님 책상 한편에 있는 분홍색 쇼핑백을 가리켰다. 귀여운 캐릭터가 그려져 있어서 어린이용이라는 것을 한눈에 알 수 있었다. 나도 선생님도 엉뚱한 질문에 조금 당황했다.

'람, 왜 그래? 선생님 책상에 쇼핑백이 있든 여행 가방이 있든 우리가 참견할 일은 아니잖아. 갑자기 왜 그러는 거야?'

선생님은 람이 가리키는 쇼핑백을 보면서

대답했다.

"어? 어떻게 알았어? 오늘 딸 생일이거든."

람을 따라갔다가 선생님을 만났던 날이 떠올랐다. 그때 선생님 손을 잡고 있던 여자아이의 모습도. 눈을 동그랗게 뜨고 호기심 가득한 얼굴로 나를 바라보았는데……. 오늘이 그 애의 생일인가 보다.

"쇼핑백 그림 보면 알죠. 그런데 선생님, 편지도 쓰셨나요?"

람은 어색하게 웃으면서도 엉뚱한 질문을 계속했다.

"아, 지금 쓰려고 준비해 놨지."

선생님 말대로 책상 위 쇼핑백 바로 옆에 막 쓰려고 펼쳐 놓은 편지지가 보였다. 람이 그

편지지를 보며 말했다.

"그런데 오늘 비가 온다는 예보가 있어요. 번지지 않는 펜으로 쓰셔야 해요. 비 맞으면 번져서 읽을 수 없게 돼요."

처음에는 람이 농담이라도 하려는 걸까 하고 생각했다. 하지만 떨리는 목소리, 흔들리는 눈빛. 결코 장난이 아니었다. 왜 저러는 걸까.

"허허, 녀석. 별 걱정을 다 하네."

선생님은 난처하다는 표정을 지었다. 나는 아무 말 않고 람의 얼굴을 살폈다. 단순한 참견이라고 하기에는 그 애 표정이 너무 진지했다. 선생님이 창밖의 하늘을 바라보더니 말했다.

"먹구름이 가득한 게 람이 말이 맞을 것 같네. 번지지 않는 펜으로 써야겠다."

그제야 람이 빙그레 웃었다.

"선생님, 안녕히 계세요. 저는 앞으로도 잘 살 거니까 걱정하지 마시고요."

그러자 선생님이 뭐 저런 녀석이 있나 하는 표정으로 람을 쳐다보면서 말했다.

"그래, 걱정 안 할게. 잘 살아라."

선생님은 이렇게 말하고 나를 바라보았다.

"지훈이가 섭섭하겠구나. 그동안 람이랑 친하게 지냈는데."

교무실에서 나와 집으로 돌아가는데 비가 떨어지기 시작했다. 내가 우산이 없어서 람이 우리 집 앞까지 바래다주었다. 아파트 현관에 도착해서 잘 가라고 인사를 하는데, 람이 갑자기 나를 끌어안았다.

"고마워, 지훈아. 안 잊을 거야."

람이 나를 부둥켜안은 채 말했다. 그 애를 밀어내려던 내 팔에서 스르르 힘이 빠졌다. 이상했다. 몇 번이나 그래 온 것인 양 편안한 기분이 들었다. 그 애는 내 등을 몇 번 토닥거리더니 내가 뭐라고 말할 새도 없이 우산을 받쳐 들고 빗속으로 사라졌다.

그것이 내가 본 람의 마지막 모습이었다. 내 생애 통틀어 가장 이상한 기분에 휩싸인 저녁이었다.

그날 밤, 우리 반 아이들은 모두 문자 한 통을 받았다. 교통사고가 나서 담임 선생님이 위독하다는 내용이었다. 빗길에 미끄러진 차가

길을 건너던 선생님을 덮친 모양이었다. 선생님은 중환자실에 일주일을 있다가 세상을 떠났다. 너무나 갑작스러운 일이었다.

머칠 후 우리 반 아이들은 모두 장례식장에 갔다. 영정 사진 속의 선생님은 정말 낯설었다. 하얀 국화를 놓고 절하는데 상 위에 놓인 편지가 눈에 띄었다. 절을 한 다음 친구들과 옹기종기 앉아 장례식장에서 주는 음식을 먹고 있는데 다른 테이블에서 어른들이 이야기하는 소리가 들렸다.

"하필이면 딸아이 생일이었다네. 생일 선물 준비하고 편지까지 정성스레 써서 가는 길에……. 젊은 사람이, 너무나 안타깝네. 편지가 유서가 된 셈이지."

람이 지나가듯이 했던 말이 떠올랐다.

'우리 할아버지가 엄마 어렸을 적에 교통사고로 돌아가셨거든.'

나는 무엇에 홀린 듯 영정 사진 앞에 놓인 편지를 바라보았다. 비에 젖어 잔뜩 우그러져 있었다. 하지만 그 안에 담긴 내용은 조금도 지워지지 않았을 것이다.

그다음 날, 나는 람이 살던 원룸텔에 찾아갔다. 여름 방학을 앞두고 방을 보러 오는 아이들이 있는 모양이었다. 3층 맨 왼쪽 방을 보고 싶다고 했더니 주인아저씨가 흔쾌히 그러라고 했다. 문을 열고 들어가니 방 안은 깨끗하게 치워져 있었다.

"침대, 옷장, 냉장고는 모두 구비되어 있어요. 이불만 가지고 오면 돼요. 방학 때 여기서 빡세게 공부한 아이들 모두 성적이 쭉쭉 올랐으니까 학생도……."

아저씨의 말을 들으며 나는 침대 옆의 벽을 바라보았다. 람이 붙여 놓았던 포스터와 전단지는 하나도 남아 있지 않았다. 텅 빈 벽만 나를 마주보고 있었다. 그런데 벽 저편에서 무언가가 나를 부르고 있는 것만 같았다. 나는 망설이지 않고 침대 위로 올라가 무릎을 꿇고 벽에 귀를 갖다 대었다. 아저씨가 어안이 벙벙한 얼굴로 내가 하는 양을 바라보았다.

벽 저편에서 뭔가 거대한 것이 움직이는 소

리가 들렸다.

　의심의 여지 없이 그것은 람의 유니버스였다.

　그 애의 세계가 고요히 머나먼 곳으로 떠나
고 있었다. 나는 그 애가 그랬던 것처럼 빙긋
이 웃었다.

　잘 가. 나도 너를 만나서 좋았어.

저는 곧 이사를 가야 합니다. 오랫동안 살던 곳을 떠나 낯선 동네로요. 정든 곳을 떠난다고 생각하니 서운하기도 하고, 익숙한 동네 풍경이 문득 새롭게 보이기도 하네요. 그리고 이곳을 떠나면 무엇이 가장 그리울까, 그런 생각도 하게 됩니다.

그동안 이사를 많이 다녔습니다. 그런데도 예전에 살았던 집을 떠올리면 십 대 시절을 보냈던 방이 제일 먼저 떠오른답니다. 너무 오래되어서 마치 구름 너머의 세상처럼 아련하지만, 창문 밖으로 보이던 풍경과 하늘이 기억나네요. 그래서 요즘은 저 혼자 과거로 시간 여행을 떠나게 된답니다. 학창 시절 이후

한 번도 만나지 못한 친구들을 떠올리며 그들과 함께 걸었던 길, 함께 웃었던 순간들을 기억의 갈피 속에서 찾아냅니다. 그리고 점점 희미해지는 그들의 이름도 떠올려 봅니다.

이 이야기도 이제 곧 시간 여행을 떠나겠군요. 행선지는 저와 반대입니다. 지금은 2021년이지만 앞으로 미래의 독자들을 만날 예정입니다. 언제 어느 곳에서 여러분을 만나게 될지 흥미롭기도 하고 설레기도 합니다. 여러분은 제가 만든 이 작은 창을 통해 무엇을 보고, 누구를 만날까요. 모쪼록 즐거운 만남이 되기를 바라며 저의 작별 인사는 여기서 마무리하겠습니다.

조규미

독고독락

너의 유니버스

2021년 7월 15일 1판 1쇄
2022년 5월 31일 1판 2쇄

글
조규미

그림
이로우

편집
김태희 장슬기 이은 김아름 이효진

디자인
김민해

제작
박흥기

마케팅
이병규 양현범 이장열

홍보
조민희 강효원

인쇄
천일문화사

제책
J&D바인텍

펴낸이
강맑실

펴낸곳
(주)사계절출판사

등록
제406-2003-034호

주소
(우)10881 경기도 파주시 회동길 252

전화
031)955-8588, 8558

전송
마케팅부 031)955-8595, 편집부 031)955-8596

홈페이지
www.sakyejul.net

전자우편
literature@sakyejul.com

ISBN 979-11-6094-739-7 44810
ISBN 979-11-6094-736-6 (세트)